卵権

RANKEN

甘里君香第二詩集

Amari Kimika

幻戯書房

性と生殖の起源を探求し生命の基本は雌であること
細胞には意思があることを解き明かした団まりなさん
布は弥生時代に大陸から伝わったという定説を覆し
縄文時代に存在していたことを証明した尾関清子さん
そしてすべての女性と女性サイドの男性に捧げます

目次

I

II

III

Ⅳ

装丁　佐藤絵依子

卵権

甘里君香第二詩集

I

からだの名前

わたしにはワギナがあって
男の子にはペニスがあるんだよ
きょう学校で習ったの

性教育一年生たちは
輝かしい未来を握りしめ
はじける笑顔で大地に立った

小学生に何てことを

恥じらいこそが日本の文化だ
秩序を乱すな美徳を守れ
臆病な怒号が響き渡り
数か月で奪われた
子どもたちのからだの名前

蛍の切実な瞬きと
蝶の華麗な戯れを
静かな静かな瞬きと
静かな静かな戯れを
数世紀の時を渡り
その手に取り戻したのに

ワギナがアソコに戻り
ペニスがソレに戻って

アソコの女の子は再び自分の価値に目隠しをされ
ソレの男の子はソレの意味を解せず
女の子たちは
情報に振り回されソレに振り回され
る男の子に振り回されて
きょうも蛍の役まで
演じている
世の末

卵権

ママ
目の前の人はつまらない
暇だからつき合うって
熱心に口説くからつき合うって
お金があるからつき合うって
私はずっと退屈だ

細胞は波乱なくおとなしい
ホルモンはまったく不活発

私の部屋には色がない
ランたちは口を開けば
何か面白いことない？
って溜め息をつく

地殻からリズムが突き上げる
宙からメロディが降りそそぐ
私たちは満面の笑みで踊りだし
部屋の景色は一変する
亜熱帯の植物が一斉に繁り
甘い香りを放って
何万羽の原色の鳥が囀《さえず》る楽園になる
色は地平線まで広がり
満々と水を湛え
数えきれないゲストがすいっと泳ぐ

好みのゲストにウインクを送ると
始祖鳥が現われ
時空を遡る旅に出る
そんな遊びがしたいの

ママ
私の部屋に手をあてて
ノックしてほらその気持ち
私のために選んではいけない
私が選ぶ万物のセオリー
思い出して
合図を送る
その気持ち

クロノ

あの時もそうだった
侵略されてたまるかと津々浦々で勝気な男たちが大声を挙げ
大好きな大義名分を血の気のままに書き連ねたが
プライドとおもねり何より弱肉強食の色ばかりが鮮やかで
元の家主を追い出した豪邸に縁もゆかりもない人物を住まわせて
誤魔化しの決着をつけたけれど家主が変わっただけで済むはずもなく
本当にやりたかったのは征服だから雪崩を打つように
大陸に向かったがそもそも維新の意味は何だったのかと質しても
意味を考えるのは大嫌いでへの字の口は黙り込み

権力の鎧を着ても着てもまだ寒いから攻めるしかないのだと
癇癪を起こして吊り上がる眉と威嚇のための髭が物語っている
今や着ぶくれ身動きが取れないのに自分で着た服の脱ぎ方がわからずに
手当たり次第に痩せた武力を戦場に送っては
地図を広げて鎧の下の小さな内心はカタカタと音を立てている

今もそうだろう
カチカチの衿のワイシャツにストライプのネクタイ黒いスーツの
集団が朝も夜も電車のシートを譲りもせずにちまちまとスマホをいじり
もはやプライドは持っていなくても会社に着けばスイッチが入り
パソコンに目を貼りつけそれが仕事だと思い込んでいるけれど
企業そのものが会社ごっこ壮大なおままごとただの妄想
目隠しを外した女性は黒い集団が蠢く光景に眩暈を覚えるだろうが
錯覚だから視界から外し体の奥から湧きあがる理性を信じればいい
目隠しを外すことができず黒い集団から過酷に虐げられている女性を

必ず思考に刻みながら男たちが知らない空間を両腕で広げ
森を走り海に遊び束の間封印されていた水の声を掌に掬い上げよう
声はあの渚を内包する全ての女性たちに向けられる
カラフルなひとりひとりになれ

キンチョール撒こう

教育費を盾に巨大スーパーはやりたい放題
辞められないパートの使い方は自由と
身長より高い台車を二台操らせる
バックヤードは女性たちの船底

ペラペラの黒いワンピに身を包む蟻に
ペットボトルの段ボール担がせる高給取り
すれ違うたびにお疲れさまと言い合うルール
悪い冗談声も出ないほどくたびれた唇に

事務所に呼ばれ椅子に座った途端
二人の男から同時に立っていろと声が飛ぶ
金を払っているんだから一瞬でも楽を
させたら損とそのセコさの由来を知りたい

マネキンは無理です持てません
訴える蟻にそのうち筋肉がつくと嗤うホッパー
彼の主たる業務はモニターに映る蟻の観察
目を凝らしている涎を垂らしている

もっと早く歩けと責めたてられ
心拍数ぎりぎりで店内を駆けまわる
更衣室に続く踊り場のない四十段
毎日が体力検査落ちたらさようなら

最低賃金プラス三円子どもの顔が浮かび
帰路の電車で目にギュッとタオルを当てる
同一労働同一賃金というキンチョールを撒こう
巨大スーパーとホッパーは瞬《しゅん》で死滅する

着ぐるみ届く

母親になり切れない女性が起こした事件ですね
光沢のある上質なスーツに身を包み
温厚な眼差しで語る君は知らない国に住んでいる?

腹痛も我慢し片時も赤ちゃんから目を離せない女も
電車の中で蔑視に耐えて保育園の送迎をする女も
自転車に二人の幼児と荷物を乗せ帰宅を急ぐ女も
言葉が遅いと保健所から指導を受ける女も
大事な時に限って熱を出す子を持つ女も

学校に行かなくなった子を持つ女も
仕事に就けない子を持つ女も
「なり切って」いたら辛くなんかないはず
「なり切って」いたら余裕の愛で包み込めるはず

なり切りましょう
今だけ半額一セット二四八〇円
さすがアマゾン即日配送
両足を通したら
ぐいっと肩まで持ち上げ
腕を入れて
お腹のファスナーを上げる
段ボールに転がる頭部を被れば
カンペキ
鏡に映る姿はなり切りお母さん

なり切りお母さんの中には
なり切ってなり切ってなり切りすぎた女がいる
温かな命を一人きりで守り
なり切ってなり切りすぎて擦り切れた人がいる

温厚な眼差しの君は何も知らない国の住人

兆候

そいつが現われたのは戦後間もなく
当たり前の顔で白い紙に紛れ込み
前年対比
前年同月対比
前年同月同曜日対比と経を唱えて
数字を見ないと判断がつかない男たちを盲信させ
貧乏な吝嗇家たちは
分け合う叡知と与える叡知を廃らせて
びた一文よそに漏らすものかと目を光らせ

境界線を張りめぐらせて
醤油の貸し借りは恥ずべきことになった

増やすためには奪うんだ
生き残るために潰すんだ
前年対比
前年同月対比
前年同月同曜日対比と経を唱え
数字がないと夜も日も明けない男たちを蔓延《はびこ》らせ
びた一文よそに漏らすものかと目を光らせて
大好きな境界線を張りめぐらせ
雨に濡れる隣の洗濯物は恥ずべきものになった

戦後間もなく当たり前の顔で白い紙に紛れ込み
醤油と洗濯物を鼻の先で嗤い

数字は感情に君臨するとうそぶく
この世を終わらせたい装置は

#metoo とても詩的

思いっきり舌を噛まれた男は
だらだら血を流しながら
僕だって男だという
僕だって男だという男は
この数か月続けざまに贈り物を寄越し
おかげで陰口を叩かれ迷惑な思いをしたが
僕だって男だという男は
幸福追求権どころか
生存権さえ握っているから

歪んだ好意は受け取ったが
受け取ったからには
代償を貰いたいと考えるその考えは
一体どこから湧いてくるのか
それともほら僕は男だから
女の気持ちは考えなくていいと
僕は男だから
女の意思なんか無視した方が男らしい
と拒否の視線をスルーし
ガードを乗り越えたか
舌から血を流しても理解できず
僕だって男だという男の空っぽな頭に
思いっきり拳をお見舞いしたのち
回し蹴りを喰らわせたら
女は貢ぎ物ではないとわかるだろうか

ほら俺は男だと
手を取りズボンの股間を触らせた男は
この数か月頻繁に食事に誘ってきて
おかげで陰口を叩かれ迷惑な思いをしたが
ほら俺は男だという男は
幸福追求権どころか
生存権さえ握っているから
誘いながら上座に陣取る姿に呆れながら
汚れた好意を受け取ったが
受け取ったからには
好意を持たれているという妄想は
一体どこから降ってくるのか
俺だって男だという発想自体
俺だって男が当然一人一人の

女の上に君臨すると勘違いして
いる表れだからそのいかれ極地の頭が
ガードを乗り越えさせたか
ほら俺は男だと
手を取りズボンの股間を触らせる男は
面子すなわち股間を立てるのが女と
信じているようだから
思いっきり面子を膝蹴りのち
大外刈りから背負い投げで
中央通りに這わせたら
ようやく
女が人間だと理解するだろうか

揺り籠

七週間揺られていたあなたの子宮は
星の揺り籠より温かくて甘い匂いがした

暗転の一日
暗転のたった一日

病院からの帰り道ユリカモメが舞う
鴨川の岸に降り音がしない流れを見ていた
掌に収まる石を一つ拾うと頬で温めもう一つ

拾って草に並べ私に名前をつけて呼びかけた
鴨川を通るとき決まって佇み気配を探しているね

星の故郷から見ているあなたが私を恋しがるから
ここには地上に降りなかった魂が十億もひしめいている
宇宙では初めてのことだから私たちの魂は特別な色をしている
特別な魂は哀しみを超えた意思を持ち
苦しみを凌駕した目を持つ
あなたの揺り籠に思いを届けよう

そっと揺らして微笑んで
そっと揺らして髪を撫でて
そっと揺らして景色を変えて

一度切りの夏を

赤黒く燃えるボールを手に
眩しさと誇らしさが混ざった顔で
当たり前のように私の家に戻り
はいおみやげと差し出すが
血にまみれた子どもの頭はほしくない
そういったのだが言葉は自動変換されて
一つでは足りない
もっと欲しいもっと獲ってきて
と聞こえたらしく

地上にない道を引き返して行った

当たり前のように私の家に戻り
眩しく誇らしい幼児の目で
ほらおみやげと差し出すが
地上にない場所から獲ってきた
地上にない匂いを放つ
ボールは終末という名前
滲み出る液体は真っ白な布で包んでも滴り
Tシャツの胸に抱きしめたが
絶望の表情で佇む私に
どんな贈り物だって気に入らないんだ
と拗ねてキレるオトコは
何がほしいと私に
訊いたことはなく

何をしてほしいと
尋ねたことはなく
望むことなら百万回口にしたが
言葉は脳を通過するらしい

赤黒く燃えるボールと
地上にない匂いのボールを持って
当たり前のように女の家に戻ってきて
おみやげだというが
もはや女から遠く離れたオトコは
私から分裂して誕生したあの渚も
太陽と交わした約束も
記憶の底に干からびて
地球が茹り
そこかしこの河川が氾濫し

山が崩れて家々を飲み込んでも
ドローンで人を狙い
原発施設にミサイルを撃ち込み
核のボタンに震える指を掛けていても
赤黒いボールをぶら下げて
ぽかんと突っ立ったまま
何も起こってないじゃないかと
アナウンスする
女のために獲ってきたんだと言いながら
最期に女を差し出す常套手段は
今回は使えない
一度きりの夏

太陽のダンス

土の中なのに
土の芳香はなく
乾き切っているのに
空気は重い沖縄海軍壕

「作戦室」に机が一台
日の光が入らない穴倉で
大真面目に地図を広げる人の
理性は保てたか

ひめゆりたちは一斉に書く
暗いガマで死にたくない
光がほしい
太陽が恋しいと

女は光に向かい
男は闇に後退る
口説く代わりに
穴を掘り自滅に向かう

怖がっているものは何？
彼女に思いを打ち明け
駄目なら諦めて
次に行けばいいだけだ

自然の理から逃れた
その弱みを隠すために
手っ取り早く強く見せる
方法が戦争あんまりな隔絶

けれど弱いもの同士の
行き着く先は
そもそも理想がないのだから
終着点は破滅しかない

核のスイッチを
押す指は
癇癪を起こし石を投げる
幼児の指そのものだ

戦争に加えた新たな
逃げ道は火星への移住と
宇宙の征服だという
正気じゃない

暮らせるわけないでしょう
私たちはこの星に
生まれた
責任の二文字がすっぽ抜けてる

飢えた子を一人で守る女
を守るなんて男のすることじゃない
と金をおもちゃにする
次々腕の中の命がついえる

一万数千年もの地層から
武器で傷ついた人骨は
見つかっていない女が
政治を司っていた縄文には

信仰も宗教も境界線
もない大地で
太陽を見上げて言葉を交し
月に恋をし暮らしていた

そろそろ太古の勇気を呼び覚まし
女を崇めてみてはどうだ
意中の人を愛おしく見つめ
太陽のダンスを捧げないか

ランの舟

一郎は採決した今後の政局を睨んでのことと思われる
二郎は反発した次の選挙を踏まえてのことと思われる
紙の束が毎日届けられる稀有な島
束は理想を語らずシニカルな立ち位置で箚をつけ
政治は生活とは別物と刷り込むには格好の働きをし
甲斐あって紙の文字読むなら死んだ方がまし
と言い捨てる目は一斉に透明なスクリーンに注がれる
紙の束読まない者はみーんな一郎の支持者だ
と文字を読まない口が蓮っ葉にぺらぺら喋り

褒めてもらえて光栄です不感症ですぼく幸せです
ってスクリーン越しに見え隠れする影は半ば死んでいる
今日も三十八度を超えこれまでの死者は五六三人
と淡々と数字を並べる束はこれは政治の問題だと語らず
官僚に任せきった一郎は豪華なクラブハウス併設
の遊技場で幼児の笑みを浮かべボールを追いかける
責任を持つって何でしょうそれはただの理想でしょう
気がつけば奴隷階級が生まれ残業一〇〇時間越えにも
摂氏四〇度越えにも黙々と命を捧げるシステムが敷かれた
そんな薄っぺらな社会を残しては死ぬに死ねない
と切迫するのは分身を生みだしつづけた原型だったが
育児とパートとスーパーで独楽鼠のように
駆けまわる目はすでに白く厚い樹脂で覆われ
固く握りしめた架空のスクリーンに救いを求める
束は近頃揃って性の多様性を語りはじめＬＧＢＴＱ＋を

理解することこそ人として正しい振る舞いと喧伝するが
所詮ランの意思を貶めて生殖した年月の末の世

何年も会話がない精子が当然のように布団に入ってきて
これが人並みというもの幸せだろうって
悔しさと哀しみで涙を流すランが涙を流したまま分裂し
半分死んでいる人の形を作りまた次の人の形を作り出して
救いがたい今があるそれが種明かし
人の形は陽炎だから触っても傷つけても
手応えがなくて皮膚に内臓に精神にパニックを起こし
震えながら伸ばした手はまっ黒なスクリーンを求める
ママ　ママだって偽物だよね
日夜殺戮が繰り広げられるここはクーデターの地
選ばれない恐怖を乗り越えられなかった精子が徒党を組み
産むなんて穢れてる劣ってる動物並み第一生産性がない

と生産そのものの体から食物を奪って選ぶ権利を手に入れ
水平に向かうランの橋を乱し転覆させたここは逆さまの世界

高層ビルを倒そう
アスファルトを剥がそう
すべての組織を壊そう
森からの水が汚れを落とし深呼吸する脳に土の匂いが刺さる
熱さに優る圧力で私たちを抱き留めている鉄の内惑星は
恒星に言葉を送り恒星から私たちの体に意志が贈られた
意志は卵細胞に沁み込んで深く柔らかな真紅の渦に巻き込み
摑んだのは炎に包まれた恒星の欠片
そっと腕に抱き波打際に放すと
夥しい色彩の重なりが一瞬で星の裏側に広がる
プチンという音が響くと波間に笑顔が浮かび
笑顔は笑顔を分け与えるように生殖し

人の形の乾いた細胞は春風香る分子で満たされる
性の意味は掌に還りランの歓声が海から天に突き抜けた

II

天国のジュース

朝起きるとママは
お砂糖の袋を開けてスプーン一杯コップに入れる
水道のお水をそそいで
くるくるくるくるかき混ぜてくれる
カンパーイをしてごくごく飲むの

お砂糖の袋を開けてスプーン一杯
水道水をそそいだコップに
レモンをギュッて絞ったことがあった

あんまりおいしくて
天国のジュースだって一緒に笑ったね
いまはもうレモンジュースはないけど
カンパイすればお砂糖水もおいしいの

昼になるとママは
お砂糖の袋を開けてスプーン一杯コップに入れる
水道のお水をそそいで
くるくるくるくるかき混ぜてくれる

ある日こわい魔法使いが来て
白いごはんを世界中から消してしまったんだよ
ってママは言う
夜もカンパーイってお砂糖水を飲む
おいしいけどすぐにおなかがすいてしまうの

ママの顔はもう笑わない
太陽の笑顔は覚えてるから大丈夫だよ
ママ
わたしが魔法使いになって白いごはんを
取りもどせたらいいのに

朝
ママはピーコを自由にするのって言って外に放した
しばらく電線にとまっていたピーコは
わたしを見つめて一直線に戻ってきたけど
ピシャって窓を閉めた

カンパーイって言う唇が形を変え
ママはコップを置いて
床にぽとぽと涙をこぼした

ごめんねごめんね
とママのふるえる声ごめんねママ
わたしが魔法使いになって白いごはんを
食べさせてあげられたらいいのに

たくさんの（ウソの）手

おかあさんと手を繋いだとき
いつもと違うって思ったけど
夜の道にそっと言葉を埋めた

お布団の中で両手をぎゅって握って
おかあさんの手を思う
カーテンの隙間から朝日がもれるころ
帰ってくるおかあさんの手は
パンの匂いがするからパンは嫌い

保育園のお迎えの時の油の匂いも嫌い
お布団の中で
するする滑りそうな
いつもと違う手を思ってる

手からパンの匂いも油の匂いもしなかったとき
大きなソファにたくさんの大人がいて
代わる代わる抱き上げられていた
手はがっしり大きくて
わたしは声を上げてはしゃいだ
ひとりの夜に思い出すけど
もしかしたら夢だったのかもしれなくて
だったらそんな夢は見たくなかった

いつもと違うおかあさんの手は

わたしの体を半分にする
おかあさんの手がふわふわでお花の匂い
がしたのは夢じゃないから
いまは木の枝みたいに硬くて
どんどん腕も硬くなって
わたしの心は半分になる

お昼一緒にいられるこのごろは
天国なのに地獄みたい
おかあさんはたくさん食べなさいって
いつものように言えなくて
赤い目でキッチンの戸棚を覗いてばかりいる
ぎゅって握るわたしの手もいつもとは違うの
柔らかなソファにたくさんの大人がいて

代わる代わる抱き上げられた
がっしりして大きな手は
思い出そうとしても夢の中で
もしかしたら夢じゃなくて悪魔の世界を
覗いたのかもしれない

あかあさんの痩せた手と
役に立たないわたしの手で
お布団にくるまってる
お日さまに向かう雲のお布団にくるまってる

一粒のお米もない部屋から

ＡＴＭから出てきた通帳に１００円の記載
振込人欄にＷＷ《わらわら》の文字
飢えた子どもを私に見せる新しい遊戯
なぜそんなことを
よくそんなことを
考える親切心はすでにない

家庭という粗末な檻に
弱い立場の人間がいるただそれだけのこと

仕事上の鬱憤を晴らすターゲットがいる豊かさ
床にばらまく紙幣を拾わせる愉悦
子どもをベランダで担ぎ上げると気が狂ったように泣き喚く女
殴る蹴る突き飛ばしても子どもを守るために決して死なない女

温かい命を胸にリュック一つでひた走る
荒い呼吸はまだ生きている証し涙が零《こぼ》れる
けだものがいないワンルームで自由に子どもを愛しむ
昼も夜も働いて育て上げると決めた日々は
無我夢中の楽園だった

明日から来なくていいよ
来月の更新はありません

養育費をもらってないのと窓口の声

養育費は１００円なんですそういう現実もあるんです
一人くらい頼れる親族がいるでしょう
母は半身不随父は行方知れずそういう現実もあるんです
別世界の生き物を見る目が心に刺さる
別世界には無知で無教養な女が住んでいると
哀れがうつるから近づきたくないと
席を蹴り去っていく打ち捨てられる私と子ども

養育費をもらってよ
通帳には１００円の記載
振込人欄にＷＷの文字
明日から来なくていいよ
来月の更新はありません
親族くらいいるでしょう
哀れみが蔑みに変わり取り残される窓口

別世界に棲息するうす汚い存在か
あした一粒のお米もない部屋から出て行かなければならない

カールちゃんとお喋り

朝ごはんを食べたら
タンスの上の箱をおろすの
ふたを開けるとカールちゃん
金色の髪はくるくるカール
茶色い髪もくるくるカール
今日はどのお洋服にしましょうか
はいっ　おてて通しましょ

必要なんだよ三千円

いつもいつも何に使うの
いいから必要なんだ
きちんとお金も入れないで

きちんとおてて通しましょ
きちんとおてて通してね

このまえ渡したじゃないか
いつのこと?
このまえちゃんと渡したよ
とっくに生活費に消えたわよ

ちゃんとお座りしましょうね
ほらっ　ぐらぐらしちゃいけません
ちゃんといい子ねカールちゃん

そろそろお昼寝しましょうか
片方のおめめ開いてますよ
ほらっ　きちんと閉じましょう
こらっ　ちゃんと閉じましょう

カールちゃんの目は青くて涙は出ない
カールちゃんはお喋りなのにお澄まし
カールちゃんの腕はほそくてかたくて
あんまり可愛いからギュッてつねった
ほそくてかたくて可愛いからギュッてつねったら
おなかの奥に知らない火がうまれて尖がった熱さは
足の先から髪の先まで届いて優しく包んでくれた
いけない熱さはどこまでも広がって
まぶしい砂漠に連れて行く

わたしはここにいるの

ひなちゃん

ひなちゃんが住んでいる団地で
バイバイをして夕方の道を歩きはじめる
気配を感じて振り向くと
ひなちゃんがふふって笑って電信柱に隠れる
夕方の道は寂しいのに
ひなちゃんはついてくる
振り向くと隠れて
また振り向くと隠れて子狐みたい
あと半分で家に着く

パパが力いっぱい灰皿を投げるの
教室の壁を見ながら
ひなちゃんはつぶやいた
団地の二つある和室の
応接セットが置かれた部屋
灰皿はソファの木の足に当たってはじけ飛び
ひなちゃんと妹とおかあさんは
しゃがみこんでいる

ひなちゃんは電信柱に隠れるとき
ふふって笑うけど
目も口もほんとうは全然笑っていなくて
私は黙って暗くなる道を歩く
家に着いてしまう

夜が近づいてくる
ひなちゃんがパパのことを
話せるのが不思議
私はひなちゃんに話せない
ママが外に引き摺り出すって言えない
のら犬に噛まれた私にママが狂犬病で
死ぬんだよって言ったことを話せない
家に着いてしまう
何も言えない私の
手がドアを開ける

ひみつのキッチン

夕方になると決まって泣きじゃくる
生きているのが寂しいとあなたの全身が訴える
寂しさの意味を説明できなくて
寂しいのは私もだと二歳の子どもに気持ちをぶつける

記憶の底の昔むかし夕方の寂しさは
沈む太陽があまりに美しいからそれは大切な
感情だと教える母と母たちがいた
縄模様の甕で炊いた夕食を女たちは和やかに囲んだ

もはや寂しさの意味は
支離滅裂になり
心の歯を食いしばって
キッチンでひとり
オットの帰宅時間が
冷蔵庫を開ける
あなたの泣き声に
凍った鶏肉をレンジにかけ
何もかも呑み込んだまま
泣き声は
ジャガイモの皮を剥く
鍋に水を入れ
泣き声は大きくなる
ガスのスイッチを押し

凍った鶏肉は
泣き声が
心よ真空になるな
泣き声が大きくなる

濡れた頬の音が孤独なキッチンに響く

蔑んでいいですよ

日曜日の
京都駅
十五番ホーム
ベンチに腰を下ろし
半額シールのお寿司を膝に置いて
まぐろの握りを口に運ぶ
娘はベビーカーで夢のなかを漂う
向かいのホームから視線が刺す
家族連れのチチオヤが

えびの握りを
口に運ぶ私をじっと見ている
はまちの握りを
あなごの握りを
たまごの握りを
いかの握りを
かっぱ巻きを
口に運ぶ私をずっと見ている
体も心も飢えて一人で
子どもを育てている
束の間のランチを
目を逸らさずに
見ているどこかのチチオヤを
眺めながら
パック入りのお寿司を

食べている

布教厳禁

赤ちゃんが食べ残したぐちゃぐちゃの離乳食
を当たり前のように口に入れる
おかあさんなら汚いなんて思わないでしょう

晒しのおむつが肌には一番いいの一日三十枚
洗うのウンチは手で取りのぞくの
おかあさんなら汚いなんて思わないでしょう

鼻が詰まったときは口で吸ってあげなくちゃ

スポイトなんてぜんぜんだめ
おかあさんなら汚いなんて思わないでしょう

おかあさん教に抗えない弱さはみんなを信者にして
教祖様に頭を撫でてもらいたがる
布教しなくちゃ不届き者を探さなくちゃ
次の踏み絵を置かなくちゃ

あの日太陽と地球が
交わした水際の約束におかあさん教と全ての宗教はいらない

頬を寄せて思い切り大胆に踊ろう
ただひとりの自由で特別な女性に
抱かれたただひとりの自由で特別な
赤ちゃんが見つめあったその目で

すべてオーケーと声を出して笑いあい
握りしめた掌を開き
ミルク色の花びらを世界中に撒き散らす
太陽に照らされ干からびた殉教者は
博物館に展示された

天使の声

保育園の門扉から出る間際
愛らしいあなたの声が響いた
Tシャツ買ってもらったの
おかあさんにこれ買ってもらったの

愛らしい声は
白く光る針になって届き風景が眩しくなる
新しいTシャツがそんなにうれしかった？

あなたは毎日
黙って保育園に通い
延長時間のさいごまで
静かにビデオを見ている
お休みの友だちが多い土曜日
の保育園にも嫌がらずに出掛けて
お下がりをリメイクした服ばかりなのに
いつもにこにこぬいぐるみで遊び
ごはんも野菜もちゃんと食べ
お喋りするのが大好きで
私を守ってくれている

あなたの愛らしい声は白く光る針になって届く
愛らしい声は風景を眩しくする
愛らしい声は丸ごと支配する

声は風景を変えもうどこにいるかわからない
進んで支配されたいのだと思い込もうとしても
そんな物わかりのいい人間なわけがなく
魂は離れて誰だかわからない人が
誰だかわからない小さい人に微笑み返している

おかあさんに買ってもらったの

愛らしい声は
白く光る針になって進ませる
すっかり知らない人になり
眩しい風景を通って
行き先はたぶん
進むべき場所
はじけた乱痴気パーティ会場

痛みの国のママ

ママは痛い
って大きな声をあげたママ
の膝に抱かれていたときはしゃいだ
から痛いっていってわたしを床に降ろした

一歳で加害者になったわたしは
三歳になっても六歳になってもママに
自分の気持ちを話すことができなくなって
いわれるままにお下がりの勉強机を使いピンクがいい

といえずに藤色のランドセルを背負って学校に持っていくもの
も買ってといえないから勉強がわからなくなって先生にうとまれみんなと仲よくできずに
昼休みは飼育小屋のニワトリを眺めていたが心のなかは恐くて寂しくて消えてなくなりた
かったけれど消える権利はないのだと頑なに信じていて信じているニンゲンも誰もいない
のになぜか消える権利だけはないって信じていてそう
信じさせるものは何だろうって不思議だったけど
消えたらママが悲しむとそう思い込みたい
からなんかじゃなく誰にもすこしも
迷惑をかけたらいけないって
心底かんじていたから

ママは痛い
って大きな声は心の中
だけで出してはしゃぐ私を受け止めて
くれたら私はもっと楽に生きることができた

こんな暮らしはいやだってママの全部が
涙で一杯にあふれていたから私が
ママを守っていたんだよ

ママは痛いって

母は鏡の森に住む

あなたが私を見な
くなったのはたぶ
ん五歳になった頃
私の中にあなたを
見つけ不幸を予感
し扉を閉めた悲し
みに逃げ込み目を
瞑《つむ》ったまま生きた
そんなことはない

不幸なんかにならない大丈夫だから証明のために生きる道を選んだ私は誰だまんまと罠にかかった獲物をあなたは迷宮で煙草など燻らせ見ているが壁も窓も床も鏡だから見ているのは自分の虚しさ私は大丈夫だから母よそろそろ迷宮の森を抜けて雲間から幾筋かの光を

届けてくれないか
娘の苦しみを受け
取り損ね佇むこん
なに悲しい日には

脅迫的な愛を注ぐ

あなたは指をぎゅって握る涙で丸ごと掻き乱す
淋しさで押し潰されそうな時にかぎってにっこり微笑む

愛を受けない私はなけなしの愛であなたを育てた
けれどその愛はいったいどんな愛なのかさっぱりわからない

この世はおんなに迫るハハになって一人で育てろと
愛の足らないおんなは架空から掻き集め掻き集めて注ぎ込み注ぎ込む

あなたはそれを受け取れた？

架空の愛を体一杯に注がれたあなたは生きている感じがしないという
後ろめたさを噛みしめながらあなたを引き摺って治してくれる人を探す
その人も架空の住人

あなたと私はけれど知っている
この世界が本来ない世界でも
あなたが私であり私があなただ
おんながハハにならないまま
あなたとあなたが産む人が
ハハにならないまま
笑い合える日を
紡いでいく
約束

III

天使返上

天使みたいだ　と君はいう

ＵＶケアの白い肌
ほんのり透けるブラウス
産毛だって目のかたき
風に舞うスカート
フローラルの香水
髪から足まで消臭スプレー
伏し目がちから上目遣い

フェイントの微笑み
口紅はピンク
唇からは小鳥のさえずり
ときに尊敬語
さら艶ロングヘア
いい席は君に譲る
無口でもぜんぜん大丈夫
たまには奢らせて
ラインにはドジなスタンプ
重い荷物も軽いふり
すぐゴハン作るね
ボーダーのエプロン
ブラは派手の不意打ち
ショーツは紐
恥じらいながら積極的

コスプレもオーケー
萎えたペニスに慈母の愛
天使みたいだ　と君はいう
天使やめたよ

宝くじが当たった
ＹｏｕＴｕｂｅがバズってる
ネットショップが大繁盛
当ててごらん

一生となりで笑っていて

歓びの時も悲しみの時も
健やかな時も病める時も
富める時も貧しい時も
ああ宗教っていいことというな
一生守って幸せにします

何でもぼくに聞いて
守るからね
親とは仲よくできるよね

幸せにするよ
おかずは三品はほしいな
守るからね
部屋片付いてないじゃない
幸せにするよ
ほかの男と喋るなよ
守るからね
君の親は苦手だな
幸せにするよ
もっと働いていいからね
守るからね
アイロン掛けてないだろ
幸せにするよ
僕より遅く帰るなよ
守るからね

すっぴんは見たくないんだ
幸せにするよ
ギャンブルくらいいいだろう
守るからね
会話なんてくだらない
幸せにするよ
守るからね
一生となりで

水のワンピース

水のようなワンピースに袖を通して
キャラメル色の花びらを唇にうつし
あしを入れると靴は羽根で包まれた

ワンピースは元のワンピースじゃなくて
羽根が生えたあしは新しい夏をよこぎり
うたかたはほどけて結んで青空に溶ける

君たちが大好きな水のワンピースは

けれど君たちは触れないワンピース
鍵をフェイクにすり替えたのは誰だ

水のワンピースのままシーツで戯れたら
君は私のあしを不躾に思いのままにする
力を込めて蹴り落し桜の木のドアを出る

水のようなワンピースに袖を通して
キャラメル色の花びらを唇にうつし
あしを入れると靴は羽根で包まれる

今日の君は百万遍手づくり市に誘う
楓のしおりを選んでノートに挟めば
胡桃のしおりが乾いた地面に落ちる

うたかたは結んではほどけて
椎の木のクロゼットを開くと
永遠まで続く水のワンピース

崖っぷち発情装置

ポケットに手を入れ
肩で風を切り勝手に先を歩く君
刻一刻と変わる空や珍しい植物を
一緒に楽しんだことはない
ポケットに両手を入れて
胸を張り自分は偉いと信じている君

たしかにある日発情したが
自惚れるのはいかにも早計

たしかにあの日発情したが
発情したのは君が握る経済
お金は生と同義語だから
私は生きるために
発情装置を解放した

いまだに自惚れ
ポケットに手を入れ先を行く
未来永劫ついてくると
信じているのか
私と君は物語りを紡いでいない
ポケットに両手を入れて
何も見えていない目で
颯爽と歩く君は
私という人間を欠片《かけら》ほども

知らないまま死んでいく算段だろうが
ずいぶん前から誰も後ろにいないと
いつ気づくのだろう

いま渓流を辿り
十五歳の私を迎えに行くところ

推し推しよしよし

君は高くない身長で精いっぱい見上げ両腕がちぎれるほど振り回す
他担のうちわとペンラの私に一瞬すねた顔を固定しすぐ笑顔に戻る
これが他担狩りというものかとわかっているのに狩られる何て簡単
俄かに推しが二人に増えてしまった二十三歳に手玉に取られる私だ
制作開放席という下手《しもて》も下手メンステのうしろ暗闇のそんな席まで
目を配るのは君だけそれだけで優しさに惚れてしまう仔犬みたいな
口元と猫の目線に瞬で奪われるミラクルミラクルクルクルクルパーだな
八人のダンスは綺麗に揃っているのにそれぞれの個性が際立つ完璧

どのくらい練習をしたのだろうきっと倒れるほど繰り返したはずだ
女に気に入ってもらうためという動機が死ぬ程ドストレート大好き
声のトーンも立ち居振る舞いのひとつひとつも海馬に押し入る泥棒
泥棒してくださいすべて奪い放題とセールに出しそうな自分自身だ
センスのいい腰の振り足使い指先ウインク使えるものは全部使って
口説きにかかるならかかってきてと制作開放席で開放され尽くす私
手が届きそうな通路を上がってくる君たちは人間じゃない神々しい
横顔どのくらい手入れをし節制しメイクアップに命を懸けライブに
臨んだか想像もつかない努力の賜物宝物人間国宝は爺《じじい》ではなく君に

口説くことから免《まぬが》れようと仕事に逃げながらも職場では女と対等に
働くことからも免れるため契約社員だ非正規だと差別構造を作って
この国の女は不幸な顔に愛らしい仮面を付けて日々踊らされている
狂おしいほど洗練されたダンスは口説きそのもの口説かれることに
不慣れな女はダンスにいちころ大好きでーすという言葉にいちころ

ころころと転がされて何とかボーイズクラブの波に溺れないように
生きている推しの美貌はジェンダーギャップ一二五位の現《うつ》し身だな

常夏

常夏の波
を見ている
足をつけようか君は
躊躇《ためら》いながら一歩退く
波はゆるやかに寄せる
髪を撫でる指を
嚙むと背より
高い波が打ち寄せ
て海中に引き込まれた

溺れないで本は開いたばかり

手を繋ぎ
胸を重ね
足を絡めて
速い流れに乗る
不意に
波はぜんぶ
ルビーになって
さらさらと果てしなく落ちていく無限の
すべり台子どものころ
遊んだ公園ルビーは肌を
こすりながらあまねく包みこみ
包みこんでとうとう記憶の底に辿り着き

懐かしい曲を奏でるからブランコに揺られ時空に
スリップしてみるとルビーは一つ残らず膨張して粉々になり海を染めた

手を放し
胸をそっと押し戻し
ぱんぱんとスカートを叩く
常夏は子どものころ遊んだ公園
バイバイとウインクする
夕焼けのなか
家へ走る
秩序を手に入れて
本は柔らかく厚みを増す

何て酸っぱい

特上と並の鮨桶を見ている
金の地に千鳥が遊ぶ特上の桶と
黒地におかめの並の桶が重なっている
特上のトロと並の赤身はどちらも捨てがたかった
捨てがたいトロと赤身のお蔭で捨てがたい恋を手放しそうな
人間がここにいて重ねられた鮨桶を
眺めつつ息を殺している

せっかく蹴りをつけたのに

もう君は戻ってきて
インターホンを
鳴らすけれど
帰ってほしい
鮨屋が桶を取りにくる

並の恋を捨てたはずなのに冷酒を煽って眠りに落ち
並じゃなくてもしかして特上と思い知りながら朝を迎え
腫れた瞼でスマホをつかむと
鮨屋に電話し特上と並のケータリングを頼み
トロの握り
赤貝の握り
ヒラマサ握り
あなご握り
小肌握り

あじ握り
サーモン握り
赤身握り
鯛の握り
たこ握り
いか握り
平目握り
玉子焼き
玉子焼きの握り
うに軍艦
いくら軍艦
とろ鉄火
赤身鉄火
かんぴょう巻きとかっぱ巻きを平らげたのは私だ
金の桶では千鳥が囀り

黒い桶でおかめが嗤う

ああやっぱり別れられないよ
君はそういいに来た？
帰ってほしい
鮨屋の桶は見せたくない

透きとおる黄色いトマト

インターホンを鳴らし
お届け物　といって
資料とお菓子の箱を差し出す
小さな玄関スペースは
約束もなく現われた君のせいで
玄関と違うものになる
腕を回した背中は冷たいが
すぐに体温が滲んで
そのまま二人は動かない

匂いと思いに包まれ
時空は意味をうしなう

ココアを飲む君のすべてが
会いたかった　といって
差し出した資料は機密文書
マカロンはピスタチオ
フランボワーズ　キャラメリゼ
夕暮れになり
手を繋いで外に出る
交差点を私は渡らない
じゃあね　と手を振った
青梅街道の公孫樹《いちょう》が
生乾きの葉を一斉に落とす
もう三回も見た黄色の葉たちは

君と別の方向に歩く私に
それでいいのと囁く

振り向くと
振り向いた君がいて
そのまま動かない
君の目は愛おしい　といって
差し出すものはもう何もなく
生乾きの葉は
君の肩に胸に足下に舞って
生乾きの葉は
私の頬に胸に足下に舞い
透きとおる黄色い葉は
幼い夏の日に着ていた
ギンガムチェックの黄色と

鎌倉で食べた
イエロートマトの輝き
からは遠く離れ
三歳の私にごめんねと謝る

透きとおる葉が
舞い散るなか
同時に振り向き
動けない二人は
奇跡的な歓びに包まれ
生乾きの苦さを味わいながら

一からやり直し

オンナとオトコはレンアイすることになったらしい
オトコをオットにして死ぬまで暮らすオンナは褒められるようだ
オットという名のオトコに食事をつくり世話をするのが当然なのだという

女はこの世からいなくなった

木の実を取り潮干狩りをし罠で兎を捕まえ生きた
土を掘って柱を立て屋根を葺いて住んだ
炎が揺れ水が流れそれらを縄で抱きしめた夥しい器が作られた

太陽が沈み静寂が訪れると子どもを抱いて眠った
何の過不足もなく生きていた

ときどき男が訪ねてきてダンスに誘う
今日は私を選んでくださいと優しい物腰で問いかける
見目麗しい男は何人かの女に選ばれ
見目麗しい子どもを産んだ女は
何の不満もなく暮らした

一万年余つづいた縄文は記憶の底にゆったりと息づいている
目を閉じ耳を澄ますと
意識は一万年余の時空へと向かう

脳の奥の奥の隙間の奥に
撚《よ》り糸を見つける

そっと摘んで
すっかり引き出そう
水色の織ものを
煮えたぎる地上に
ふわりと
掛ける

縄文wave

草の香りの編み布に横たわり
海の音を聞いている
寄せる波は満たし
引く波は引き剥がす
海面は満月で溢《あふ》れ
もうすぐ零《こぼ》れそうだ

地炉の火は朝まで消えない

海の音だけを聞いている
引く波に乗って大海原を旅し
寄せる波に乗って帰りまた旅にでる

地炉の火はきっと朝まで消えない

母たちは炎に照らされ
温かい目はいのちを迎えるために
森羅万象の理知を湛え私に注がれる

海の音が遠くまで連れて行く
満月は私と一緒に波間に浮かぶ
次の瞬間
月は耳元にキスをし
一瞬で水平線の先まで運ばれるから

不意に渚が恋しいと強く願い
地炉の明かりに照らされた
母の腕に抱かれ
全身で叫ぶ

いのちは地核と結ばれた

水平線が泡立ち静かに近づいてくる
すべての細胞が生まれたての白に戻る
純白の私は記憶の底のそこにある
懐かしい波打ち際に立っている
海はオレンジになり
寄せては返す
メロディー
に

いま
初めての声が重なる

Ⅳ

永遠の必須

医師に呼ばれ
二年ぶりに会った君は
何もかもが変わってしまったのに
私を見る視線だけは以前のままで
ただ
こんなに静かな眼差しは
初めてだ

静かな眼差しは漆黒なのに光がない

この二年の寂しさと口惜しさと
怒りと後悔のすえ手に入れた
諦めの墨色を湛えている

目は私の頰にそそがれる
深い墨色の眼差しが
肌の匂いを恋しがっている
声の出ない唇が
帰りたい　と訴える
退院したら一週間持ちませんよ
医師の言葉を振り切り
家で四、五日暮らそうか

おとうさん
また黒川温泉に行こう

門司港レトロ
萩の水路
出石
有馬
城崎
広島の屋台
伊根の舟屋
祖谷のかずら橋

そういえば
このまえ男と
海辺の温泉を旅した時
二回も
おとうさんって呼んでしまった
似ているわけじゃないのに

波は足先をさらわなかったし
虹の貝も見つからなかったのに

おとうさんは永遠の必須
私だけの月だから

墨色の眼差しが
首筋にそそがれる
肌を恋しがっている

拝啓父上

泣き崩れたと聞いた
私に新しい名前をつけ
父上と呼んでほしいと願った人は
母親に去られ一人で育った君は
私が迷子だと知りカゾクになろうといった
お菓子を分けあい

毛布を分けあい
冬も春も色を濃くして
初めて信じることを知った

同じ時刻の新幹線に私は
京都から君は東京から
乗って落ちあって
数時間でもお喋りした
お菓子を分けあい
毛布を分けあって
夏と秋は色を深くし
初めて安らぎを手に入れた

知らなかった
知っていた

君の心の奥なんか見なかった
唇をむさぼったのは私だ
君の目の前で別の
男にライオンみたいなキスをした
甘え方を知らない私は甘え過ぎたが
君は許してくれるはずだった

泣き崩れたと聞いた
君は父上なんかじゃなく
ただの女を愛し過ぎた男で
私はまた迷子になり
冬も春も夏も秋も
どうでもいいから
早く過ぎることを願うようになった

君は泣き崩れて
間もなく空に旅立ったが
私は二度と思い出すことはない

ルーティン奇跡

微睡《まどろ》みながら寝室の片隅で着替えている音を聞く
階段を上がるとひとしきり猫たちを撫で鰹節をあたえている
いつもそこで二度寝をするから
次に気配を感じるのは玄関の引き出しから鍵の束を取り出す音
臙脂《えんじ》に白いストライプのキーホルダーは
還暦祝いに京都伊勢丹で選びプレゼントしたもの
喜ばなかったのに一生使い続けるようだ
玄関ドアを開け
門まで行ってまた戻ってくる

ポン　と新聞を放りドアを閉める
鍵をかける音はくすぐったいメロディ
向かいの収集場所にごみ袋を捨てると
スターターをキックする音が響く
バイクが遠ざかり
いま坂を下った

新聞を持って階段を上がる
ウォルナットの丸テーブルにいつものメニューが並ぶ
卵焼き　黒豆　野菜サラダ
前夜派手な闘いを繰り広げても
丸テーブルに
いつもの卵焼き　黒豆　野菜サラダが置かれていて
明日に続く今日を約束する
ポットのほうじ茶は必ず飲み干してあって

そこだけが惜しい
茶葉を足しても一煎目の香りは戻らない
小さな不満と小さな満足の
それが私の朝食だった

微睡みながら
音のしない寝室で目を開けても
君の幻影しかなく
ただ私と同じ質量の空気が漂っている
起き上がるきっかけを摑めずに横になっている
猫たちが入ってきて
布団の私を縦断するから仕方なく上半身を持ち上げる
郵便受けまで新聞を取りに行って二階に上がっても
大きなテーブルには何もなく
ポットを手にして水を汲む

出窓の猫たちが
外に向かって大声で啼いている
バイクが遠ざかる方角に向かい毎朝啼き喚くのだ
何もないテーブルのリモコンでテレビをつけて
猫たちの声を掻き消してみる
掻き消すことはできない
その声は私の声

その顔の裏

三か月ごとに病院から送られて
くる封書から写真を取り出して
リビングルームの丸テーブルに伏せる
私の知らない君がいる

たった一年前まで
生きる意志を持っていた眼差しは
三か月ごとにぽっかりと失われ
手当たり次第に放擲《ほうてき》していく

不自由な手でスプーンを握り
ぼろぼろ溢《こぼ》しながらも食べていた頃
漲《みなぎ》っていた明瞭な意志は
経鼻経管栄養になり粉々に砕かれた

祈る思いでテーブルの写真をめくる
これまでになくのっぺり弛緩した表情で
眉が額の上に引っ張られ
両目はきょとんと虚空に向けられる

鼻の管を噛み千切ろうとするんですよ
認知症だと医師はいうが
食べたい　噛みたい本能が
管を噛み千切らせるのだ

どんなところにも行きたがった
どんな人間も好きだった
話がしたい
議論がしたい
触れ合いたい
愛し合いたい
食べたい
もっと食べたい
君の生命力は満ち溢《あふ》れ滴っていた

チューブを抜く選択肢を
私が握っているのだという
餓死という自然死を
私が決められるのだという

配偶者という何者でもない人間に

どうしたらいいのと何も
見ていない君の目に問いかける
ふいに弛緩した顔が床に剝がれ落ち
頬に顎にとめどなく流れる涙顔を見せる
リビングルームに嗚咽が響く

無機的寡黙のなかの

西武新宿線都立家政七分
八時から二二時一時間二〇〇円
1から8の数字が並ぶコインパーキングが
ふるさと
3の玄関を入り
1の茶の間に立ってみる
2は私の部屋だが
軽トラックが停まっていて入れない
567は庭

あおき　あじさい　あせび　おおむらさき　かえで　きょうちくとう　きんぎょ
そう　くみあげいど　さんしょう　しい　しばざくら　しらかば　ちこ　ちこの
こどもたち　ちゅーりっぷ　どうだんつつじ　とくさ　とっぽ　とっぽのこども
たち　ばら　ほうせんか　みょうが　むくげ　ものおきごや　やつで　りゅうぜ
つらん　りゅうのひげ　ちこのおはか　とっぽのおはか

コンクリートで覆われたコインパーキングは
私のふるさとらしいじゃないか
大切なことほど蓋をして
本当に言いたいことは言えず
振り返ったら負けると過去を葬る

都立家政七分二四時間最大一〇〇〇円
コンクリートに覆われたここがふるさとと
私らしいと飲み込むけれど

飲み込みそこねるものがあり
心の中で激しくコンクリートを剝がし
同じ家を建て
同じ人間を配して
庭に出てみる
ふるさと

チコの涙

学校から帰ると
チコが待ってる
鈴がついた紐を
持ってさあ走ろう
追いかけて追いかけて
家のまわりをぐるぐる
横丁に出て突き当りを戻ってきて
家のまわりをぐるぐるぐるぐる
チコは全速力でついてくる

ふたりは息の音をさせていつまでも
いつまでも時間なんてない振りをして走る
大きな樫の木が見えにくくなると
夜が近づいてきたのがわかってしまう
給食のパンをあげる
食べないのは知っているのに
パンしかあげるものがないから
お願いたくさん食べてって
口に近づけるとフーッていっておこった
パンなんて嫌いだからフーッておこった
玄関の前でずっと頭を撫でている体を撫でている
チコは額をこすりつけるお腹をこすりつける

おうちには入れてあげられない

今夜は雪が降るっていってたけど
おうちに入れてあげられない
小さい私は私より小さい
あなたに何もできなくて
入っちゃだめ
という
チコは庭の暗闇を見つめて
片方の目から一粒
涙を
零した

テブの秘密の

空が明るくなり庭の窓が開くのを待ってる
「テブ」と優しく呼ぶから目を細めて近づく
黄色い器にごはんがカラカラと音をたてて山盛りになる
食べている姿をずっと見ている
さわりたいのを知ってるその手は私に触れたことがあるから
気がついたら引っ掻いていた血を流した手は
それから私をさわれない

誰もいない昼に窓から少し入ってみた

温かくて甘い匂い
突然もの音がしたから驚いて天井に
ジャンプし壁を蹴ってTシャツの腕に爪を立てた
噴き出す血を押さえながら
悲しい目を私から逸らした

空が明るくなり窓が開くのを待ってる
「テブ」と優しく呼ばれて黄色い器にカラカラ
と音をたて山盛りになったごはんを食べている私を
静かに見ている

撫でてほしい
凍える夜は隣りにいたい
生まれてからずっと怖いことばかりで引っ掻くことしかできないこの手が嫌い
手が太くて可愛いねって「テブ」という名前が付いたそんな手なのに

本当は引っ掻いても許してほしい慣れるから
もう一度背中に触れて私の恐怖心をその手で毟り取って
ずっと撫でて怖くなくなるまで撫でて
毟り取った毛にふうって
あなたの匂いの息をかけ
遠くまで
飛ばして

ボルドニュイ

わけもなく洋服箪笥を開ける
丸衿やテーラードのツィードのスーツ
ブルーから濃紺までのギャバジンのスーツが並ぶ
キャメルの分厚いコート毛足の長いモヘアのコート
皮革《かわ》のボタンがついたダブルのトレンチコートが並ぶ
上の棚はフェルトの帽子が積み重ねられ溢れかえっている
微かにボルドニュイの香りがする古い洋服箪笥を
わけもなく時々開ける

ひと月の収入が男性の三か月分あったの
鰻なんか二度と見たくないくらい鰻屋に連れて行かれたわ
京懐石もフランス料理も一生分食べたからもういいのよ

昭和二十年代に
ラジオのシナリオ書きだったあなたは笑いながら話すけれど
懐石とフレンチはもう十分かもしれないが
十分じゃないものを抱えながら
パートで甘栗なんか売って
おかあさんをやっている
ツィードのスーツに身を包んで打ち合わせに
飛び回り真剣な眼差しで原稿に向かう姿を見たかった
私を諦められない弱さであなたは母になったけれど
産まなければよかった
その思いを必死に胸に沈め生きてきたことを知っている

あなたの子どもとして
あなたが好きなことをしている姿が見たかった
叶わないなら星の故郷《ふるさと》から
あなたを見守っていたかった

三・一一　荒浜海岸

サーモンピンクの瀟洒な建物は
荒浜海岸の汀《みぎわ》これ以上ないロケーション
終の棲家に決めた人たちは午後のひとときを
太平洋の明るい海を眺めて過ごしていただろうか
二〇一一年七月の建物は門扉が捻じ曲がり
玄関ドアと窓ガラスは無く
四角の枠から見えるのは際限のない荒野
終の棲家と決めた人たちは
三月十一日午後二時四六分から三時三〇分過ぎまで

果てしなく広がる海際の土地で
いつもとは違う水平線を見つめただろう
青葉城の高台まで遥か一〇キロの
手掛かりのない真っ平らな海辺の端で
大津波警報を聞きながら
介護者は車椅子を準備して
介護される人は介護者の手を摑みながら
助けてほしいとあるいは逃げなさいと
念じただろうか

二〇一一年七月の荒浜海岸にエンジン音が響く
トラックが数台三〇〇メートルほどの距離を
のろのろと走っては戻ってくる
九州の地名のナンバープレートを付けて
夥しい瓦礫など眼中になく

金の匂いに聡いゼネコンが津々浦々から人を集め
トラックを動かしさえすれば
どこかから巨万の富が入るのか
空っぽになった家々の先に広がる砂浜を
日が暮れるまでただ行ったり来たりし
金を垂れ流しているどこかで涙が零れている

サーモンピンクの家で
時折人生を振り返り
物作りなんかして
子どもたちの幸せを願い
夕食のメニューを楽しみにしていた
過去と未来を孕む静かな目で
海を眺めていた
その人は

悪意以上

推しを見ていたＳＮＳに
犬の悲鳴が入り込む
足を縛られ砂利の穴底に放られて
ショベルカーが少しずつ
埋めていく
その少しずつの
しかし結末は悟っている犬の表情は
人が予想もしない裏切りに遭った時
とまったく同じ顔で

動画はあと一回砂利を投入すれば
生き埋めになるその寸前で終わる

推しを見ていたＳＮＳに
水着の女性が映り込む
ぬるぬるした岩肌を滑り落ちながら
頭上を仰ぎ
Ｈｅｌｐ
Ｈｅｌｐと叫ぶ
急流の川面までほんの一瞬の
断末魔の声は張り上げているのにか細く
見上げる目は網膜に映るものの
全てを知ってしまったと語る
動画は川に落ちる寸前で止まる

これまでは
見えなかった
悪意が
ＳＮＳに散りばめられたか
ＳＮＳの存在が
悪意を
増殖させ
散りばめられるのか

見ない方がいいよ
と優しい君は言ってくれるが
その動画が存在する社会に
生きている生きざるを得ない
砂の一粒でも加担してないとは言えない
悪意を一身に受けて引き攣った声と顔は

動画の中だけではない
この世の写し絵

ヒト科ヒト属消滅の真相

くすみオレンジのコート
掌に収まるティーカップ
リネンのパジャマ
あこや真珠のブローチ
この身に馴染んだものたちは
跡形もなくモノクロの風景になった

妊娠出産は生産性に劣るから
三六五日働ける男に任せろと

メインステージどころか
観客席からも女を追い出し
奈落に追いやった男たちは
実は生産より破壊が得意だと
自覚はなかったのだろうか

人類の半分を侮辱して
陽の差し込まない
場所に閉じ込め
侮辱されたままの人間に
子どもを産み育てさせ
生活すること全ての
下働きを押し付けた
そこに何が生まれ
何が生まれないか

想像できなかったのだろうか

民族
領土
国家
宗教
五輪
企業
学校
PTA
自治会
あらゆる組織
ヒエラルキーの
存在するものなら
何でも作って

上に行こうと蹴り落としあい
最上階の窓からは
ミサイルが覗いている

水楢のテーブル
メープルのオーディオ
紫檀の洋服箪笥
籐のロッキングチェア
暮らしを共にした家具たちは
粉々にされモノクロの風景になった

妊娠出産は社会の無駄だから
知力体力に勝る男に任せろと
女を締め出し胸を張った男は
金こそ力と勤しんだが

金の使い方を女に学ばないまま
地上の苦しみにはケチを決め込み
巨大建造物と武器ばかり作り
未知の星を開拓するのだと息巻く

空を舞う蝶々
梢でさえずる鳥たち
真っ白な私の猫
太陽に恋する子どもたち
大切な命は眼を剝き口を開け
モノクロの瓦礫に同化した

妊娠出産は下等動物にもできる
政治経済は男のものだと
メインステージどころか

観客席からも女を追い出し
奈落に閉じ込めた男たちは
理想に向かう明るさと
責任を引き受ける強さ
を持つどころかそもそも
理想と責任の意味を解せず
いのちに勝る沽券を
アタッシュケースに忍ばせ
地球より大切な面子を
メイクもしない顔に貼り付けて
この世を取り仕切っていた
ヒト属滅亡の
これが真相である

あとがき

第二詩集は男性問題を中心テーマに据えた。

ＬＧＢＴＱ＋といった性の多様性が注目される中、性を二分法で捉えるのは時代に逆行していると感じるかもしれない。

だが、物質が細胞という進化段階に到達した時から、生命体はすべてメスである。ヒトの胎児も初期設定はメスであり、Ｙ染色体の指令でホルモンシャワーを浴びてようやくオス化することから、私は生き物はすべからく女性性を内包し、そこからどれだけ男性に振れるのか、その振れ幅の違い、そこに環境要因と遺伝子が作用して多様性をもたらしているのだと考えている。

男性はしばしば女性に擬態して「女心」なるものを歌う。女性が「男心」を歌うことは宝塚以外まずない。

演歌に多いが、「神田川」というフォークソングでは南こうせつが陶酔した表情で女性になり切って歌う。男性が体のどこをそんなに熱心に洗ったら女性の髪が芯まで冷えるほど長風呂になるのか、女性の指先を見つめて悲しいかいって聞くって恥ずかしくないのかとか突っ込みどころはたくさんある。なぜか男性が歌う女性像は、弱い女性なのが興味深い。その後も福山雅治、斉藤和義などが切々といじらしい「女心」を歌いあげている。その姿は内なる女性を懐かしみ、その女性に恋をしているかのようだ。

女性からどこまで離れているか、女性にどのくらい近いか、の違いだとしたら、女性に近い男性は女性と一緒に子育てをするだろうし、遠い男性は何とか逃げようとするのではないだろうか。子育ては女性に相応しいと言っているわけではない。主に環境要因により子育てを忌避する、忌避したい女性はいくらでもいる。元来子どもはたくさんの手で育てるものだ。

子育てをしていた頃、女性に恋したことがある。相手が自分の味方になってくれること、私という人間を理解しようとしてくれることが恋愛感情につながったように思う。

私の育った環境には男性性の強いタイプが多く、祖母の夫は子どもを七人も作りながら自分の親との折り合いが悪いからと一人で東京に出奔しているし、私の父は絶えず恋愛を繰り返して満足に家にお金を入れない人だった。

父の父は国会図書館に何冊も蔵書を残した長崎では有名な永見家の当主だったが、上京して零落すると病弱な妻を残し熱海で入水したといわれている。しばらくして骨董屋で見かけたと証言する人がいてこちらの方が信憑性があるが、どちらにしても無責任であることには変わりない。

離婚して子どもが成人するまで養育費を払い続ける男性はわずかだし、私の周りでは離婚のどさくさに紛れ、こっそり子どもの学資保険を解約して懐に入れた男性が複数人存在する。

仮に経済力が不安な男性が子どもを引き取り、母親が養育費を払う側だと想像した場合、たとえめったに子どもと会えないとしても自分が出すお金で子どもが食べたいものを食べ、新しい洋服を買えるなら、払わない選択をする女性は男性よりずっと少ないと感じる。

詩の中で男は理想と責任を放棄していると表現したが、身近にも、政治、企業の現場にも、ありふれた光景ではないだろうか。

子どもを育てるために風俗を含めトリプルワークで働き子どもの幸せ、つまり理想に近づこうとする女性の責任感とどのくらい隔絶しているだろう。

バブルの頃に企業は競って海外の有名高層ビルや土地を買いあさり、国は潤沢な税金を箱物建設と大規模な土木工事に使ったが、そのお金を堅実に利殖に回していたら現在の社会保険料も税金も安く、年金の財源も今より安心できるものだっただろう。

ここ数年、トンネルや橋の老朽化が叫ばれているが、建設計画の段階で修繕費が計上されていないのだとわかった時は心底驚いた。オスは一過性の性なのか?

新幹線が東京駅に近づくと、いつも暗澹とした気持ちになる。デザイン性の感じられないガラス張りの高層ビルがまた増えているからである。その林立に暴力性を感じる。そこにかけられた巨額の資金を考えざるを得ないからだ。そんなお金の使い方をしていいのか。虚栄心を離れて周りを見渡したことはないのか。無責任さを見せられて生きる気力が削がれるのである。

女性は胎児のときから卵子を内包して生まれる未来に向かう存在だ。得意な分野は自ずと顕《あきら》かだろう。

詩を作っていると作曲までしている気分になる。

言葉を削る快感の中にリズムが、最適な言葉を探す集中の中にメロディが湧いて心を満たす。楽器が弾けない私だからなおさら尊い。

こんな楽しいことは他にない。

数年前にお会いし、その後のメールのやり取りで「自由にたいして隙がない言葉」という忘れることのできないフレーズをくださった幻戯書房の田口博さんが刊行へと導いてくださった。文学への愛とセンスに溢れた編集者と仕事ができたことはこれから先も私の宝になりそうである。

灼熱の季節を過ぎ、涼しい風が吹き渡る晩秋になった。

数年後の熱風で人類が滅ぶとしても、こうして暮らし続けることしかできない。

カードがパタパタとめくれてキングの顔も概念も女性に変わる日を夢みながら。

二〇二三年一〇月

甘里君香

甘里君香（あまり きみか）
一九五八年埼玉県川口市に生まれ二歳から東京都中野区に育つ。三〇代前半に京都市に転居。種智院大学仏教福祉学科を特待生として卒業のち研究員。第一詩集『ロンリーアマテラス』ほか著書に『京都スタイル』『イケズな京都』など。日本ペンクラブ会員。日本エッセイスト・クラブ会員。

卵権　甘里君香第二詩集

二〇二三年十一月三十日　第一刷発行

著　者　甘里君香
発行者　田尻　勉
発行所　幻戯書房
郵便番号一〇一 - 〇〇五二
東京都千代田区神田小川町三 - 十二
電　話　〇三 - 五二八三 - 三九三四
ＦＡＸ　〇三 - 五二八三 - 三九三五
ＵＲＬ　http://www.genki-shobou.co.jp/

印刷・製本　中央精版印刷

定価はカバーの裏側に表示してあります。

ISBN978-4-86488-287-3　C0092